계수나무에 핀 련꽃

임석순 시집

시음사
시사랑음악사랑

달곰하게 익어가는 임석순 시인의 삶이 아름답다

어떤 사고(思考)로 살아가는가에 있어 삶의 질이 달라지고 추구하는 인생의 목표도 다를 것이다. 이왕이면 부정적인 면보다는 긍정적인 사고(思考)를 하고 살아간다면 삶의 질이 좀 더 풍요롭고 행복할 것이다.

이순의 나이에 "계수나무에 핀 련꽃"이라는 제호로 인생의 첫 시집을 출간하는 임석순 시인을 보면서 그런 생각을 해 본다. 경쟁 속에서 살아남아야 하는 현실, 타인 보다 뒤떨어지지 않기 위해 목표를 두고 앞만 보고 달려야 했던 삶, 누군가의 아들이면서 또 남편, 또 아버지라는 책임감으로 주위를 돌아볼 새도 없이 최선을 다해 달렸던 시간이다.

세월의 흐름 앞에서 어느 순간 자신을 돌아보면서 주위를 살피게 되고 또한 자연 속에서 피고 지는 생명의 움틈을 엿보는 재미를 알게 된다. 그 모든 것을 보는 것과 느끼는 것으로 만족하지 않고 글로 풀어내어 차곡차곡 쌓인 임석순 시인의 삶이 담겨 있는 하나의 시집으로 엮어져 세상에 나오게 되었다. 아마도 많은 독자가 그의 글에 공감하면서 힘든 시기에 따뜻한 위로를 받을 것으로 기대한다.

"계수나무에 핀 련꽃" 시집은 제1부 나의 아내는 마음 꽃 천사, 제2부 백두(白頭)에서 한라(漢拏), 제3부 풍류 세월(風流 歲月), 제4부 강물은 흘러갑니다, 제5부 마파람 솔가지 닿으니, 제6부 화양연화(花樣年華)라는 구성으로 임석순 시인의 삶을 노래하고, 자연을 노래하고 있다. 늦었다고 생각할 때 포기하지 않고 배움의 열정으로 문학을 공부하고, 지나온 삶을 탓하기보다는 이제라도 시를 쓸 수 있어 행복하다는 그의 긍정적인 사고(思考)가 이 가을 탐스럽게 익어가는 열매처럼 임석순 시인의 삶이 아름답게 익어가고 있다.

"계수나무에 핀 련꽃" 시집이 많은 독자에게 맛있고 달콤하게 다가가길 바라면서 행복한 마음으로 임석순 시인의 첫 시집 "계수나무에 핀 련꽃"을 추천한다.

(사)창작문학예술인협의회 이사장 김락호

시인의 말

강산에 꽃이 피고 지고 여섯 번을 보면서 이순(耳順)을 맞이하여 사랑의 옹달샘에 빠져 있습니다.

지난 시절을 되돌아보니 그 예쁜 꽃들을 무심코 그냥 지나쳐 앞만 보고 달려왔던 후회스러움보다는 더 늦지 않아 다행으로 여기며 이제부터 주변의 소소한 아름다움을 놓치지 않고 둘러보면서 행복을 찾으려 합니다.

詩를 통해 힐링 되는 시간을 즐기며 詩를 쓰는 순간에는 모든 것이 신나고 즐거우며 행복감을 느낍니다.

코로나19의 영향으로 어려운 생활에 조금이나마 위로가 되었으면 좋겠습니다. 인간과 자연이 조화로운 세상이 되길 바라는 마음입니다.

대한문인협회 김락호 이사장님과 시음사 문학나눔회 관계자분들께 무한한 감사를 드립니다.

끝으로, 세상에서 제일 좋은, 제일 아름다운, 맑은 영혼을 간직한, 가장 고마운 무한 후원자인 저의 아내, 심원(心圓) 조계련 여사에게 이 시집을 바칩니다. 감사합니다.

경자년(庚子年), 하늘 연달
태안(泰安) 임석순(任石淳)

제1부 나의 아내는 마음 꽃 천사

영혼이 맑아서
보석같이 빛나는 그 천사를
만남에 설레는 마음이
하늘에 닿았기에

파릇파릇한 시절에 만나는
행운을 얻었다

귀향(貴香)

봄의 향기보다
더욱 아름다운 님의 향기

좋아하는 무엇도 바꿀 수 없는
향기로운 당신은 언제나 그 자리

심원(心圓) 당신은 무언의 향기를 머금고
향기 있는 듯 없는 듯 항상 그 자리

언제나 머물고 머금는
봄의 향기보다 더욱 아름다운 당신이여

* 귀향(貴香) : 어디에도 볼 수 없는 귀한 향기.
* 아내의 호(號) : 심원(心圓)

11

설렘

새 녘에 달그락달그락
한여름 어둠이 가시기 전인데

머리는 깨었는데
몸은 아직 침대에 그대로

아내가 주방에서 맛있는 냄새를 풍긴다
가리왕산에 가서 먹을 점심을
배낭에 넣을 수 있도록 또 각 또 각 채운다

정성이 고맙고 마음이 고맙다
정성으로 빚어낸 음식을
입속에서 황홀경을 느끼겠지.

사랑의 화신

어둠을 가르며 밝은 세상을 보는
한줄기 빛줄기를 택하기로 했다

타인을 위해 몸을 태우는
희생으로 사랑의 화신 되어
숭고한 참사랑 나누어 주고 싶다

스스로 하얗게 불태워 빛나는
희생의 눈물을 감당하는 너의 모습에
찬사와 박수를 보낸다

향기로운 맛을 나누고
다양한 여러 형태의 형형색색
어느 곳에서도 함께하는 시간에
아름다운 꽃이 피어나듯 활짝 웃는다

나의 아내는 마음 꽃 천사

청명한 하늘에서 하얀 구름 타고
하늘에서 내려온 천사였으리라

이 땅에 사는 곳으로
내가 가엾게 보여서였을까
함께하려
하늘에서 내려온 마음 꽃 천사이다

영혼이 맑아서
보석같이 빛나는 그 천사를
만남에 설레는 마음이
하늘에 닿았기에
파릇파릇한 시절에 만나는
행운을 얻었다

꽃은 잠시 피고 사라지는데
꽃은 예쁘게 피어도
꽃병에 꽂으면 시들어 버리는데

나의 동반자 되어
마음의 꽃 천사 되어
나의 마음에 꽂아 놓으니
그 마음은 시들지 않는
천상의 꽃 천사 마음 되어라

하늘나라 천국의 문이 열릴 때
마음 꽃 천사와 커피 한잔하면서
함께 가고 싶은 마음은 욕심이려나.

굴곡진 인생을 함께하는 동안
어느덧 변함없는 길동무 흰 꽃 되어
이 땅의 만남이 내 인생의 이정표로
행복과 행운을 독차지하며 누리는
동반자로 30여 년 지나고 있다

가족의 행복(幸福)

바닷가 해변을 산책하며
오붓한 시간을 보내는
행복을 마주하면서

우린 싸우며
서서히 죽어간다

만나고 아이를 낳아
가정을 꾸리어 가고

행복은 인생의 합작품
혼자보다 우리
우리보단 가족이라
우리 가족에게 고마움을
이루 헤아릴 수 없다

하루하루 생명이 꺼져가는
자신과 마주해야 한다

힘겹게 스스로 위로하며
매우 행복해

행복한
한 여성의 남편
한 남성의 아내

두 아이의 아버지
두 아이의 어머니

손주의 할아버지 할머니 되어
이렇게 행복할 수가!

오래도록 그리워하며
그러기를 바란다

가족에 기대어

손녀에게서 며느리가 보이고
손녀에게서 아들이 보이네

며느리에게서 아내가 보이고
아들에게서 내가 보이네

손녀에게서 나눔이 보였고
아들에게서 사랑이 보였네

며느리에게서 평온이 보였고
아내에게서 행복이 보였네

가족에게서 희망이 보였고
가족에게서 기쁨이 보였네

커피잔 속 햇빛이 비치듯
가족에 기대어 희망과 기쁨을 본다

아낌없이 주는 사랑

빅뱅, 우주에서 생긴 빛
우주도 대단하고 태어난 별
인간이란 존재의 더욱 대단한 사랑

태양이 존재하는
큰 역할은
밤이 뭔지
밤하늘의 별빛은 어처구니없는 사랑

너와 내가 만나
사랑을 나누고
사랑에 감응하여
사랑에 울부짖고
사랑에 목메고
그렇게 쓰러져 간다

새로운 사랑의 결실을 맺어
인생 여행에 즐거움을 남기는 것

인생 여행에서
증오가 박해가
절실한 사랑을 찾게 하고
서로를 감싸주는
애틋한 심오한
엄마의 눈길은
아낌없이 주는 사랑이어라

아낌없는 사랑(愛)

사랑을 배웠는지, 사랑을 아는지
사랑을 하면 무엇이 좋아지는지
말하지 말아요
말로 하는 게 아니지요

사랑은 혼자가 아니에요
청춘, 몸뚱어리 황홀을 만끽하는 사랑
사랑은 둘이 하나 되는 거래요

사랑은 두 개의 심장이
하나로 포개져야 한대요

짜릿하게 몰래 한숨을
사랑이 제맛인 걸요

사랑은 뿌리고 거두는 거래요
끊임없이 살아 숨 쉬는 유감없는 사랑
우리 둘이 나누어, 깊은 곳까지
앞으로도 뒤로도 같이하는 게
사랑이래요

사랑을 배웠으면, 사랑을 나눠요
사랑하려면 씨앗을 뿌려
잉태의 맛을 봐요

까도 까도 끝이 보이지 않는
그런 게 사랑이죠

쉿!
알아도 안다고 떠들지 말아요
그게 사랑이에요

사랑은 나눠질 수 없어요
해 질 녘 주황빛 노을
영혼을 간직하는 사랑

서로 마주 보고
주고받고, 받고 주고
영원하지 않으니 영원을 약속하며
황혼을 바라보며 기댈 수 있도록
위로도 아래로도 서로 주고받는 게
아낌없는 사랑이래요

사랑싸움

하늘 맑은 오후
봄바람 살랑살랑

창문 넘어 비둘기 세 마리
호숫가 바위에 날아들고
서로 쫓고 쫓겨난 사랑싸움
밀고 당기고 줄줄이 요리조리

한 마리 토라져 뛰쳐나가
잎이 없는 앙상한 나뭇가지로
나뭇가지에 달아나 앉아서

마음속이 눈물을 머금어
하염없이 눈물을 흘리니
봄바람이 눈물을 훔쳐 가네

하늘 맑은 오후
봄바람 살랑살랑

봄바람이 미워요
청명한 하늘이 미워요
날리는 꽃잎이 미워요

꽃잎 사랑

당신이 좋아서
핑계 삼아

천국 열차 팽개치고
밤새도록 비가 되어

빗방울이 물방울 되어
살포시 당신 곁으로

빗방울이 물방울 되어
당신에게로 찾아왔네

이슬 아닌 이슬 되어
얄미운 햇볕이 미워라

사랑하는 당신에
이슬 맺힌 꽃잎 되어
마지막 물방울 되어

당신을 사랑하며
쌓아가는 사랑 되어
머무르고 싶어라

호수 같은 사랑

강물에 피어난 호수 같은 사랑
사랑의 진자리 호수는 꽃이 되어
여름처럼 뜨거운 열정을 가져본다

걸음을 멈추고 호수 앞에서
상념에 잠겨 그 자리에 있지만
내 마음에 따라 풍경이 바뀐다

호수 앞에서 바라보는 푸르름
언제나 그 자리에 있지만
풍경이 요술을 부린다

청량한 호수에서 불어오는
바람 한 줌이 포근하게 다가와
푹푹 찌는 폭염도 감싸 안아준다

강물에 피어난 호수 같은 사랑
사랑의 진자리 호수는 꽃이 되어
여름처럼 뜨거운 열정을 가져본다

얼음꽃 사랑의 약속

어두운 밤 컴컴한
저 하늘의 별이 초롱초롱
반갑다고 깜박 깜빡 손짓하며
사랑하라네

맑고 투명하게 빛나는
약속을 하였네
사랑하라고
불을 때고 혼을 불어넣어
빛깔 좋은
새 생명을 얻어 밝게 찬란히 빛나고
사랑하며 웃어 주라는
약속을 하였네

세월이 흘러도 추억은 남는 것으로
고요한 마음이 흘러들어
얼음꽃 필 무렵 찾아온
겨울의 맛, 약속한 사랑의 맛

아파트 끝 언저리
저 하늘의 별이 초롱초롱
반가워서 방긋방긋 손짓하며
사랑하라네

성운(星雲) 사랑(愛)

수만은 별구름 생명의 창조 찾아,
죽어가며 화려한 아름다운 별들의 향연

빛조차 빠져나올 수 없는 세계를 보며
열정에 불타오르는 순간 사랑으로
사멸의 길을 알면서도 목숨을 걸어야

출발, 어디인지 나에게 언제 도달하여
나를 찾아와 주는 시점이 되는지 몰라

앞에 있으나 없으나 길어서 길으니
있는지 없는지 죽어가는지 살았는지

있으나 없으나 보려면 보이지 않는
망원경 들여다보는 우주, 신비로운

밝은 태양과 어둠의 달이 사랑하면
우리는 우주의 고아가 되는 순간이다

* 성운(星雲) : 별구름, 구름 모양으로 퍼져 보이는 천체

하나로(一路)

햇살이 꽃처럼 피어날 때
영롱한 이슬은 햇빛에 사라지고
사랑은 감싸도 감정으로 사라지니

꽃이 피면 잎은 사라지고
생각은 감정에 사라지네

새는 날개를 저으면 둥지를 떠나는데
사람은 털 나면 곁을 떠난다

하늘의 슬픔은 빗물로 사라지고
나의 슬픔은 눈물로 사라져

사라지고 띠나가 보았디니
땅이 되고 물이 되어 하나가 되었네

비둘기 한 쌍

소나무 가지 비둘기
사랑을 나누며

옛정을 나누고
귀찮아하면서

날아가네
쫓아가네

그 마음 고와라
내 마음 좋아라

비둘기 한 쌍
우리네 한 쌍

낙이불음(樂而不淫)

달도 차면 기울고
물도 차면 넘치고
꽃도 만발하면 지는 것

술은 술술 목 넘어가려니
여자는 남자를 남자는 여자를...
도박은 놀음이라
즐기되 빠지지 말라
낙이불음(樂而不淫)하여
욕정의 노예가 되지 말자

오래도록 나누어 같이 나누려면
행복을 느끼고 찾으리니
꽃이 예쁘게 피어도 꺾지 마라

하늘을 우러러보았다
하늘을 보고 느끼며 사랑하여라
하늘을 사모할 뿐.

* 낙이불음(樂而不淫) : 즐거움의 도를 지나치지 않음을 뜻함

참사랑

하늘에 사랑이 얼마나 예쁠까
이 땅에 사랑은 이토록 예쁜데

봄에 피는 꽃은 사랑으로 아름답게 핀다
봄에 피는 꽃은 사랑으로 아름답게 예쁘다

겨우내 움츠려 사랑의 잉태로 태어나는
봄의 꽃은 언제나 가슴 벅찬 감동으로
따뜻한 봄에 햇살처럼 간직하고 싶은
열매 맺어 다가서는 진귀한 참사랑 되어라

이 땅에 사랑은 이토록 예쁜데
하늘에 사랑은 얼마나 예쁠까

마음 아픈 사랑, 가슴 아픈 사랑
마음을 안정시켜주는 사랑
말로는 설명할 수 없는 사랑
고이 간직하고픈 사랑스러운 사랑

딱 보면 느낌이 오는, 느낌이 있는
뭘 좀 아는 그런 참사랑 되도록
사랑, 사랑 이 땅에 참사랑 알려주어라

하늘에 사랑이 얼마나 예쁜지
이 땅에 사랑이 이토록 예쁘니
사랑, 사랑 이 땅에 숭고한 참사랑 되어라

사랑(愛) 하자

삶과 죽음(死生)

사랑하는 것

어느 것이 중요할까?

사랑이란
말과 글을 쓰고도 느낌이 없으면
죽은 거나 다를 바 없다
동물과 다른 이유이다

사는 것, 죽는 것, 사랑하는 것

어느 것이 중요할까?
어느 것이 힘들까?
어느 것이 까다로운가?

사랑하고 사랑하며
은혜를 잊지 말고
배은망덕 유분수는 되지 말자

복을 받으려면 복을 지어서
복 받으려면 은혜를 잊지 말고
삶과 죽음은 하늘에 매여 있는 것
그러니 사랑하자!
그래서 사랑하자.

언약 36년 그 후

흐르는 물 따라 바람 따라
가시밭길 길을 나선 나그네
따뜻한 남쪽 나라 봄꽃 찾으러
찾아서 갈 길 재촉하였네

살기 좋은 남쪽으로 남쪽으로
봇짐도 없이 호두 두 쪽만 달고
길을 나선다

하얀 눈이 세상을 뒤덮고
찬바람이 온몸을 휘감아 돌 때
꼬옥 손잡고 따라나서게 만들어
가보자 그랬었는데

옛날, 한 옛날에 꽃 피는 남쪽 나라에서
술래잡기도 아니고 소꿉장난도 아닌데
어른이 되길 바라는 염치없는 마음 앞서니
그곳에 둥지를 틀어 혹독한 한파와 맞서고

어느새 냇가의 흐르는 시냇물은
얼음과 친구 되어 쉴 새 없이 흘러가는구나

처음부터 내 것은 없었으니 모두 내 것인 양
어느덧 꽃이 피고 지기를 여러 해 이어져 오고
강산이 서너 번 바뀌어 그 꽃이 피고 지고
언약 이후 살아온 36년 세월
나의 반려자 내 삶의 동반자 되어
더욱 빛이 나는 보물로 나의 영원한 꽃이 되었네

태생이 빈손이니 가져갈게 무엇이랴
함께 씨앗 뿌려 밭을 일구고 살아왔노라
소소한 수확의 기쁨, 행복을 누려 보았으니
이제라도 끝없는 사랑으로 보답하려 하나이다

이순(耳順), 살아보니

하루를 살아보니 하늘에
해가 뜨고 지고
달이 뜨고 지고

한 달을 살면서 구름 되어
월급은 또박또박
식솔들 오손도손
다시 한 달을 기다리는

일 년을 살아보면 바람처럼 흘러
새해를 맞이하여라
떡국을 먹어서 조상에 성묘하여
추석이 지남에
햇살과 바람은 한결같으니
가족 화평으로 도토리 키 재기하느니

불혹(不惑) 살다 알게 되어 공평한 세상이라
봄볕의 따스함, 여름의 시원한 바람,
가을 풍요, 혹독한 겨울, 계절 맛보고
아름다운 강산 계절 따라 형형색색

어제 만난 사람 오늘 또 만나며
그 사람이 그 사람 변하지 않으매
믿을 사람만 없어져 가슴만 아프구나

지천명(知天命)을 살아보니 공짜는 없을진데
해가 뜨고 달이 떠서
황혼 오고 달 기울어 깨달으니 애닲퍼
그때처럼 사랑은 이슬처럼 사라져
청춘이 줄행랑치니 못내 아쉬워라

이순(耳順) 되기 전에 땅을 살펴보려 하니
그토록 사랑한 일 가히 없어라

청춘을 땅에 의지하여
고향을 등지고 먼 길을 떠나셨나요
땅이라도 의지하였으면 좋으련만

십 리 길이라 쉽게 떠나려 하셨나요
개여울이 아니라
깊은 태평양 한복판에 놓여 있으려니

세상에 미련을 두지 않으려
그렇게 떠나셨나요

아직도 엊그제 그때 그 시절로
아득히 먼 옛날이야기인 줄 알게 되어라

땅끝은 언제든 갈 수 있는데
바쁠 일 없으리오만
서둘러 가실 거라면 알려나 주시지
흘러간 강물 어찌하오리 오. 마는

제2부 백두(白頭)에서 한라(漢拏)

백두에서 한라는 삼천리 하루 반나절
백두산(白頭山) 천지(天池)는 천지(天地)로 솟아오르고
한라산(漢拏山) 백록담(白鹿潭) 내리사랑으로 신령(神靈) 하니

임진강(臨津江)

갈 수 없는 마식령 발원하여
고즈넉한 황포돛대 물길 따라
풍류를 즐길 수 있는 아름다운 강
이제라도 강물 따라 만나보길

강이 만들어 낸 세월의 흔적
임진 적벽 절경의 아름다움
물속에 간직한 슬픔을 달래며
민물과 바닷물이 만나는 임진강
왜 남과 북은 만날 수 없는지.

* 임진강(臨津江): 임진강의 '임(臨)'은 '더덜' 즉 '다닫다'라는 뜻이며
'진(津)'은 '나루'라는 뜻이다.

백두(白頭)에서 한라(漢拏)

영험한 백두산
백두산 뻗어 내려 막힘없이 빛나리 한반도

백두에서 한라는 삼천리 하루 반나절
백두산(白頭山) 천지(天池)는 천지(天地)로 솟아오르고
한라산(漢拏山) 백록담(白鹿潭) 내리사랑으로 신령(神靈) 하니

백두산은 알고 있나 보다 우리의 미래를
한 발짝 한 발짝 내딛는 속마음을 냉큼 낚아서

평양시민 15만 함성, 열렬히 환영 맞이하고
가히 대장부 기질 타고났으니 하늘도 도울 씨구

이제라도 잘 한다고 잘 하고 있다고 얼씨구나
하늘에 계신 백범 김구 선생님 웃음 짓고

판문점의 봄의 씨앗 서울에서 꽃피우고
평양의 가을걷이 통일 염원 찬란히 이루자

시작은 백두산 갈무리는 한라

남조선, 북조선, 남한, 북한 이러니

한반도 이면 어인 상관이고

조선반도 면 어쩌랴!

통일한국 8천만 세계경제 주름잡아

강국 대열 우뚝 솟아 뻗어가라

나의 조국 대한민국이여!

고속국도 1호

서울에서 부산으로
부산에서 서울로 올라

쌩쌩 달려 보자 시원하게
씽씽 달려 보자 경쾌하게

오는 길 가는 길 서로서로
가는 길 오는 길 서로서로

인사하고 양보하고
인사하며 양보하며

비가 올 때 눈이 올 때
조심조심 또 조심조심

쌩쌩 달려 보자 시원하게
씽씽 달려 보자 경쾌하게

경회루(慶會樓)

마흔여덟
아름다운 경관 돌기둥

사연설석(肆筵設席)
흥청망청 어찌 잊으리

바람에 흔들흔들
버들잎은 잊지 않으리

뽐내며
정통한 우리의 자랑거리

조화로운 연못
화려하게 멋진 꽃피우리

* 경회루 : 국보224호, 서울시 종로구 세종로에 있는 경복궁의 서쪽
  방지(方池) 안에 세워진 누(樓).

관악산(冠岳山)

저 멀리, 북한산
그 너머, 도봉산
그 앞쪽, N 타워
그 아래, 굽이 휘돌아 흘러 한강이라네
그 한강의 기적은 어디서 온 걸까
수많은 너와 나 옹기종기 모여드는 곳

오른쪽 마천루 신비롭게 123
왼쪽 63 초라한 금박
올라 드니 언덕 아래
배움의 전당 자리하고
관악산 하마바위 반가워
든든하게 정기 뻗어 지켜주네

깎아지른 절벽 위 최고봉 629, 연주봉 솟아
신께서 내려주신 선물, 뽐내도 될듯하고
깎아지른 벼랑을 버팀목으로 자리하니
비경이 절경이라 또 다른 아름다움 연주대(戀主臺)
여기뿐!

* 관악산(冠岳山) :
－서울 관악구 신림동, 경기 안양·과천의 경계

미리내 성지

하늘에만 있어야 하나?

땅에서의 평화로운 세상
땅의 은하수, 미리내 성지

진실만이 살아있는 곳
맑은 영혼이 깃들어
모두를 평온하게
사랑을 실천하고픈
고귀한 사람을 이어주고 만나는 곳

피비린내 옥고를 치른 댓가
영원히 내리 사랑의 영향을 미쳐

땅에시의 평화로운 세상
땅의 은하수, 미리내 성지

평화로운 이 땅으로 축복을 주려니
여럿이서 함께하여 나누어 주리라

땅에서의 평화로운 세상
땅의 은하수, 미리내 성지

* 〈천주교 미리내성지〉 경기 안성시 양성면 미리내성지로 420

도봉산, 추억의 가을 산행

도봉산 찾을 마음에 설렘을 간직한 채
은행잎 노오란 황금빛이 햇빛에 발할 때
초입에서 압도되는 장엄하고 빼어난

자운봉 찾아드니 거기가 어디메뇨
상큼한 가을 매력 느끼는
울긋불긋 불타는 계곡

신선대 찾아드니 거기가 여기메뇨
빼어난 미모를 뽐내고 서 있는
신선의 놀음이라 가히 넋이 있고 없으니

오랜 시간이 흘렀다 하지 않으리라
그때도 그랬으리라
태고에도 그랬었다 하리라
있었으나 보여주기 싫었겠지
지금은 보여주고 싶었으리라

보고 또 보아도 천년의 억겁 세월
그때도 그랬으리라
태고에도 그랬었다 하리라
철 따라 갈아입는 옷이 싫어서
그때는 보여주기 싫었으리라

억겁의 세월 나에게 보여주려
신이 빚은 예술작품
여기에 그동안 그렇게 빚어 놓은
개성이 독특한 예술을 보여 주나니
보면 볼수록 신기하고 황홀한 비경
이제야 할 일을 다 했다 싶으니...

* 서울, 북한산 국립공원, 도봉산 [道峰山]
 ─ 높이 : 740m 위치 도봉구, 경기 양주시

45

가을 광덕산

아침 햇살 받으며
바람 소리와 산 새소리가 어우러진
산속 걸으면 닫힌 마음이 뻥 뚫린다

한 걸음 한 발짝 내디디면 상쾌한
한 걸음 한 발짝 올라서니 무거운

무심코 고개 들어 하늘을 바라보니
가을 하늘이 공활하고 광활한 가운데
맑은 하늘에 하얀 구름이 떠나가고

예쁜 계절에 진심이 담긴 보물 상자
귀 기울이면 마음의 상처는 치유되고
산새들과 가을 신선한 바람 어우러진
달콤한 벌꿀보다 달콤하여라

광덕산은 너른 품을 언제든 내어주고
언제라도 변함없이 반겨주고 주었네

산 정상에 코스모스가 한들거리며
산 친구들 사귀자면 방긋방긋 웃어라

우리 동네 우리 곁에 영원한 등불
친한 친구처럼 정다운 광덕산이여
엄마 가슴처럼 포근한 광덕산이어라

* 충남 천안시 동남구 광덕면, 높이는 699m이며 아산시 송악면과
  천안시 동남구 광덕면 광덕리의 경계에 있는 천안에서 가장 높은 산이다.

뒷동산 가는 길

호젓한 뒷동산을 걷노라면
청아한 햇살이 초록 잎을 비춰주고
실바람 살랑살랑 손짓하며 노랑나비 노닐 때
노란 꽃에 하얀 나비 나풀나풀 바람 타고 떠나가네

건너 골짜기 뻐꾸기 울어 대니
딱따구리 따따닥 존재를 알려주면
쌍을 지어 꿩은 푸드득 날아가 버리고
청설모 다람쥐 놀이터가 따로 없네

할미꽃은 외로이 혼자 누굴 기다릴꼬
할아버지 외로이 벤치 앉아 누굴 생각할까
숨은 듯 보일 듯 없는 듯 연인이 사랑 나누고
짙은 밤꽃 향기가 코끝 자극 머쓱하게 하네
발걸음 바빠져 땀방울 송골송골 맺혀 주르륵

덕숭산과 수덕사

법고(法鼓) 소리가 들리며
옛날과 이튼날이 공존하는
지난 천년의 흐름을 살피어
다시, 앞날에 천년의 공간으로

108계단을 오르면
가고 오고 쉼을 나누어
경쟁이 아니라 숨결이 빛나는
쉼을 주는 선물을 받는 곳이니
아~ 아~ 숨 쉬는 숨결이 살아난다
어진 마음 찾아볼 수 있는 곳이어라

* 충청남도 예산군 덕산면 위치한 495m 〈100대 명산〉덕숭산, 수덕사를 품은 산

마곡사(麻谷寺)

태화산 골짜기 안개가 자욱 내려앉아
산사의 운치가 더욱 신비스럽고

구름도 흘러가다 쉬어가고 싶어라
바람도 시샘하여 살포시 내려앉아

침묵의 절박함이 서려 있으려
몸에 전율로 이어지는
땅으로
숲속으로
계곡 물줄기 따라
그 무엇과도 바꿀 수 없어라

처마끝 풍경은 고요 속에 외침이
울려 퍼져 마음의 평온이 찾아오네

부처님 오신 날 차분한 산속의 보금자리
앞날을 의심 없이 스스로 갈 길을 묻고.

---

* 충남 공주에 있는 태화산 마곡사(麻谷寺)
  640년(백제 무왕 41)에 신라의 자장율사가 창건

격렬비열도(格列飛列島)

하늘에서 내려왔는지
바다에서 솟아올랐는지
땅속 깊은 곳에서 왔는지

짙은 어둠과 싸워야 하고
푸른 파도와 맞서야 하고
언제나 그렇듯 꿋꿋이 버텨낸

미래의 경쟁자
모험심 많은 심판자에
세상의 혹독함을 맛보며
온갖 역경을 딛고 일어난
세 마리 나그네새,
텃새가 되어
이제 출발이다

격렬비열도는 그냥 섬이 아니다
어부에게 꿈과 희망을 주어
내일의 삶의 터전을 가꾸도록
나그네새에게는 쉬어가는 길목에서
언제라도 품어주는 감싸주는 넉넉함
삶을 나누고 인생의 좌표를 제시하는
바닷길 이정표(里程標) 그 자체이다

* 격렬비열도(格列飛列島)
－충남 태안 열도(세 마리 새가 날아가는 듯하다 하여 격렬비열도라는 이름 칭함)

다시 찾은 안흥성(安興城)

하늘 가로지르는 갈매기 넘나드는 곳
성곽에 오르니 옛 정취 물씬 느껴나고
뱃고동 소리 정겨워 저 너머 바라보니
넘실대는 바다 물결 한눈에 들어오네

우리 땅을 지키려는 구국 충절의 징표
보존하고 지켜가는 것은 우리 몫이라
조상님 흔적 찾아 여기저기 돌아보니
애틋한 마음을 사로잡았네

평안한 뱃사람의 안위를 지켜주고
대륙 사신 오가는 길라잡이 되어주던
조선 시대 그 옛날 그 얼이 서려 있어
하나뿐인 나의 조국 오늘날에도
유구하니 백성은 대대손손 영원하리라

* 충남 기념물 제11호로 지정. 조선 시대, 축조된 안흥진성(安興鎭城)

신비의 섬, 옹도

파란 하늘 파란 바다
갈매기 넘나드는 신비의 섬
코발트 빛 넘실대는
너울성 파도에
하얀 물보라가 더 빛나는 외딴섬

햇빛과 구름이 친구가 되고
바다 갈매기가 친구가 되어
불어 가는 바람이 친구가 되는 그곳

지난 세월 바다 한가운데

신의 가호를 기다리며
외로이 기다리고 있었네

신비로움을 간직하고
묵묵히 견뎌온 세월

열려야 참깨도 아닐 텐데
이제야 세상에
옹기, 항아리를 빚어
이 세상에 태어났으니
아름답고 멋진 화려한 자태를 뽐내는
옹도는 내 마음을 빼앗아 갔다

* 옹도 : 태안반도 안흥신항(신진도)에서 약 12㎞ 떨어진 곳에 있는 섬

석남사(石南寺)

계곡물소리
마음 편해지는
마음 따뜻한 봄날이다

물고기 한 마리
참선 수행도량의
마음을 닦는다

울창한 숲길로 들어서면
솟아나는
새로운 기운을 만난다

"도의국사"를
봄날 새로운 마음으로
마주하여 본다

* 1200여년 전, 도의국사가 창건한 울주군 석남사(石南寺)

송광사(松廣寺)

조계산 산기슭
그 아래

풍경 소리 들리는
고즈넉한 숨 터

둘인 듯 하나인 듯
곱향나무 800년 숨결 못 잊어

주인이 누구인들
바라보며 고백하는데

싫은 듯 좋은 듯 말없이
그 옆에는 작은 노스님

* 송광사(順天 松廣寺), 전라남도 순천시 송광면 신평리 조계산 북쪽 기슭에 자리잡은 사찰

겨울 산사

이른 새벽
산사의 목탁 소리
살아 숨 쉴 생명을 일깨우며
어두운 하늘을 삭혀
고요한 적막을 깨고 퍼져 나간다

법고 소리에 따라
동그랗게 빗방울 되어
찌든 마음의 때를 씻고
욕심도 번민도 덜어내고

풍경소리 간데없이
엉키고 어울려서
울려 퍼지네

신비롭게 새하얀
깊은 겨울의 산사
밝아오고 있다

명당(明堂)

기가 모여지고
기가 흐트러지는 곳
나쁜 기운 좋은 기운이 서려 있는 곳

도선국사 찾은 그곳 그 어딜까
강천산 그 어디나 물이 흐르는 곳
찾아 찾아드니 오선위기혈* 회문산

풍수의 혈(穴)
한의학의 신체의 혈
다를 바 없으니...

사람이 살기 좋은 곳
사람이 살기 편안한 곳
무엇보다,
허기진 배 채우는 게 기를 채우는 것

따뜻하게 따뜻한 곳

반대 없이 환영받고

큰 지붕 "회문산 정상"

마음 담아 큰절 올려보고

신선을 만나 보려나

여기도 신선, 저기도 신선

보이는 곳

신선이로세

마음이 아늑하고 편안한...

* 회문산(830m) : 임실, 순창, 정읍의 경계를 이루고 있고 산. 회문봉, 장군봉,
　　　　　　　깃대봉의 세 봉우리로 이루어지며 동서 8㎞, 남북 5㎞에 걸쳐있다.
* 오선위기혈(五仙圍碁穴) : 회문산의 다섯 신선이 바둑을 두는 형상을 지닌 대명당.

가파도(加波島)

가파도에는
멋진 산도 없고 자연스런 그 자체이니
척박한 땅에서
청보리밭에서 싱그러운 그 자체이니
새 아침에 찰랑찰랑 너무 예쁜

보리밭
청보리밭에서
청보리의 싱그러움을 만끽할 즈음
고단한
해녀의 삶이 보람찬 소리에 힘나고

배고프니 맛있는 먹거리 찾아
마라도는 짜장이었나
갚아도 갚을 수 있을지 모를 가파도
가파도는 짬뽕이라네

싱그러운 청보리밭에서
바다와 섬이 어우러진
끝없이 펼쳐진 수평선
가파도는 마음이 녹아내린다

* 가파도(加波島) : 제주 서귀포시 대정읍 가파리

봄맞이 달마고도(達摩古道)

봄을 찾으러 떠납니다
공기가 살찌고 흥겨운 봄날을 봅니다

남쪽 나라 찾으니 나무에 물이 오르고
봄나들이 달마고도 거닐어 봅니다
건너편에는
바닷길이 열려 시원하게 보여줍니다

도솔암 다다를 즈음 바람은 숨을 죽이고
쉬어가려 기다려 주니 신통방통 하여라

진달래 물오르고 그립고 그리운
봄을 불러 봅니다

봄이 되니 얼마나 좋소
넉넉한 세상에 부족함 없이 즐겁게 살고
믿고 기다려주는 봄을 맞이하여 봅니다

* 달마고도(達摩古道) : 해남 땅끝, 해발 489m 달마산 중턱에 나있는 옛길

제3부 풍류 세월(風流 歲月)

바람결에 흘러가는 돛단배
훈풍 만나니
손에든 막걸리가 덩실덩실
춤을 춘다

잔잔한 물결 윤슬로 빛나고
좋은 벗 찾아 곁들인
막걸리는
세월 따라 흘러가누나

수평선 (水平線)

저 넓은 하늘은 파란색 도화지를 바탕에다
다 채울 수 없어서 흰색의 구름을 파스텔로

저 높은 바다는 에메랄드를 사랑하니,
파란 물감을 한가득 담아서 춤을 추어 댄다

저 넓은 하늘아!
가까워도 멀어도 도달하기 어려워서

저 높은 바다야!
너의 에메랄드빛에 멍하니 바라본다

끝이 없는 하늘이라 눈으로 속임을 당하고
넓은 하늘과 맞닿는 바다 저 밑 땅에서 수평선을
만들어 만나 보자, 그렇게 오지랖 떨더니

하늘과 땅 차이 없이 가득 찬 파란 물감으로
깊은 줄만 알았던 서글픔에 하늘과 하나 된다

새봄을 다시 봅니다

봄이 살아 있네
새싹을 틔우고 꽃을 불러내어
봄을 다시 봅니다

봄이 다시 살아왔으니
추위를 녹이고 시냇물이 졸졸졸
개여울을 바라보며
봄을 다시 보게 됩니다

봄이 돌아오니
봄이 사랑을 틔워서 열매를 맺으려
이슬비와 함께
봄을 다시 보여줍니다

봄이 다시 돌아왔네
꽃망울 틔우고 나비가 날아드니
늦겨울이 시샘하는
봄을 다시 봅니다

봄이 찾아오네
구름을 틔우고 바람을 불러오고
봄바람에 숫처녀 가슴 살랑살랑
온몸으로 느끼며
봄맞이하세

봄이 다시 찾아왔으니
햇볕을 비추어 대지를 불러오고
기약은 없어도
새봄을 다시 봅니다

인생 여정(人生旅程)

무한한 우주를 돌아 돌아서
하늘에 떠돌다 점지를 받아
사랑의 결실로 맺어져
세상을 맞이하는
제일 고향은 이 땅이었고
지구, 이 땅에 날아왔으니 그곳이
제일의 고향이었네

고귀한 약속의 연속에서
지켜질 수 없는 안타까운 현실에
좌절도 맛보고 행복도 찾았으니
제이의 고향을 찾아 떠나보았네

기구한 운명이라 말하지 않으리라
하늘에서 맺어진 거역할 수 없는 천륜
사랑으로 마음으로 보답하려 태어났으니
인생의 끝자락에 와서야 알게 되면 허무해 지니

아득히 먼 옛날 저 달은 고향에도 떠 있었지
제삼의 고향에 머물러 저 달을 살펴보았네
둥근 달처럼 둥글게 둥글게 마음에 자리하고

창밖의 소나무는 언제나 푸르름 잊지 않고
가까워도 마음은 그리도 멀어 갈 수 없는 나
마음속으로 간직하고 그리워하노라!

제일, 제이, 제삼, 인생 여정
기회는 지나가고 찾아오고
밝으매 맑으매 행복은 찾아온다

삶은 나에게 행복을 가져다주었으니
이제 약속의 땅으로 돌아가려네
이제 나의 고향 이제 돌아가려네
한 줌의 흙으로 돌아가려네

아름다운 씨앗

씨앗이 땅과 물을 만나 생명 얻으니
파릇파릇 새싹이 돋아나더라
세상을 아름답게 자연을 아름답게

어느덧,
우거진 숲을 이루어
무성한 나뭇잎 만들었구나
향긋한 내음을 머금으니
탐나는 포식자 나눠주고
베풀어 내어라
세상을 아름답게 자연을 아름답게

하늘이 높은 줄
구름이 내려오는 걸 알기도 전에
원점 회귀는 숙명일 것이니
땅을 사랑하고파 돌아가려네
세상을 아름답게 자연을 아름답게

비바람 풍파 만나고
따듯한 햇볕도 받아보았으니
세상을 아름답게 자연을 아름답게
온 세상을 누리고 살았다

희망의 등불

한겨울에 마파람 불어오는 훈풍 되어
여름에는 시원한 골바람을 맞으며
산뜻한 꽃바람의 봄 향기처럼 만난다

억겁의 세월을 거슬러 올라가더라도
한 세대의 축복을 이루는 징표이니
오늘의 만남에 이르러 내리사랑이다

찬란한 햇빛을 받으며 푸른 잔디 밟으며
멋있는 꽃나무 만들어 지상낙원 만들어
미워할 수 없는 세상을 함께 만들어가자

옹이가 나올 때는
잔바람처럼 스치우고 그리움이 살아나게
미워할 수 없는 세상을 함께 만들어가자

마음속의 쌓인 근심 걱정 보따리를 풀어놓으면
메마른, 바짝 마른 땅을 촉촉이 적셔주는 단비처럼
깊숙이 들어있던 사랑과 행복의 보따리가 열린다

이웃과 나눌 줄 알고 큰 뜻을 품어 베풀면서
언제나 맑은 하늘같이 바르게 지혜로운 삶으로
널리 이로운 세상을 만드는 등불이 되어다오

세상은 돈다

오늘에 태양이 빛나는 건
그래도 내일이 있기 때문입니다

사람이 아름다운 건
그래도 사랑이 있기 때문입니다

건강이 유지되는 건
그래도 젊음이 있기 때문입니다

술이 맛있는 건
그래도 살아있기 때문입니다

꽃이 아름다운 건
그래도 꽃이 피기 때문입니다

풍류 세월(風流 歲月)

하늘에 구름 떠 있어라
흐르는 개여울 막걸리 띄워서
발 담가 풍악 소리 함께 하니

햇빛 빗발쳐도 어디선가 구름 찾아들어
모였다 흩어졌다가 바람이 친구가 되려
심술궂게 난장질하네

산이 높고 높아
산이 높고 높으니
골짜기 쏜살같이 달려나가 폭포 되어라

바람 그리고 물, 친구 삼아
골바람 거침없이 불어

멈춤 없이
흘러 흘러 흘러가는 세월 되어라

바람결에 흘러가는 돛단배 훈풍 만나니
손에든 막걸리가 덩실덩실 춤을 춘다
잔잔한 물결 윤슬로 빛나고
좋은 벗 찾아 곁들인 막걸리는
세월 따라 흘러가누나

텃밭

새봄
움트고

텃밭에서
냉이 한 움큼 캐어

담장 옆 즐비한 장독대
노오란 된장 한 움큼

보글보글 된장국 끓여
냉이와 된장이 어우러져

맛있는 봄이
입안으로 한 움큼

내년에도
새봄이면 찾아오겠지

빛과 그림자

천사의 아름다운
빛의 목소리 들릴 때
어둠의 그림자는
웃음을 짓는다

은혜를 베풀고
정열과 낭만으로
격앙된 분위기 속에서
빛 속에 감춰진 그림자.

신념의 빛이
의지의 그림자와 함께
걸어가는
동전의 양면으로
존재하며 살아간다

낮달

산그늘 붉어
산기슭 환하다

거기엔 있으며
여기엔 없다

하늘 내 안에 없고
땅은 내 안에 있다

햇빛은 달빛을 지우고
달빛은 햇빛을 지운다

하늘 밤 별을 보는
하늘 높이 낮달 높다

혼자 외로이
그림자처럼 덧없이 지나간다

황장목(黃腸木)

참새 한 마리 노닐고
새들의 놀이터 되어
마을 풍경 속으로 다가온다

철갑 두른 푸르른 소나무
세상 행복한 보금자리 만들어
대들보 되어 알아주니 힘이 솟는다

툇마루의 신분 상승으로
엉덩이가 그릇 위로 올라오고
환기창 너머로 소나무 숲이 우거져 있다

저녁 무렵
석양이 질 때 황홀한 풍경을 선물하며
우거진 솔잎은 이슬 맺혀 초롱초롱하다

* 황장목, 연륜(年輪)이 오래된 소나무로 금강송이라고도 함.

엇갈린 모정(母情)

싱그러운 초원의 아침
엄마 기린과 갓 태어난 아기 기린은
너른 초원으로 소풍을 떠난다

넉넉지 못한 집안 살림에 사자 가족은
홀쭉한 배를 움켜쥔 굶주린 아기 사자가
칭얼거리고 보채며 눈물을 훔치고 있었다

한가로운 여유를 즐기는 기린 모녀는
천진난만하게 즐거워 어쩔 줄 모르며
세상에 태어난 것을 만끽하며 즐긴다

게으른 엄마 사자는 칭얼거리는 어린 사자를 위하여
모호 본능이 발동으로 집을 나서는 즈음에
소풍 나온 기린 모녀를 발견, 전력 질주 돌진한다

기린은 사자를 보았고,
불행과 행복의 씨앗이 교차하는 직감,
어린 기린은 엄마의 마음을 가늠하지 못한다

엄마 기린은 아기 기린을 지키려 했지만,
엄마 기린은 필사적인 노력을 했지만,
엄마 기린은 슬픈 불행을 맞이한다

엄마 기린은 암사자를 떼어내려는
필사의 노력은 불가항력에 가까웠을 것으로
초원의 행복을 뒤로하고 말았다

느티나무

가까이 보면 우람한 우량아
멀리서 보면 거대한 산더미
사시사철 변화무상하다

봄여름 가을, 눈 오는 겨울
앙상한 나뭇가지
갈래갈래 뻗어있다

새초롬한 봄
앙상한 나뭇가지에서
새싹이 파릇파릇 돋아난다

무더운 여름
새싹이 파릇파릇
짙푸른 신록의 초록바다 이룬다

시원한 가을
신록의 초록이
울긋불긋한 변해가고 있다

눈 오는 겨울
나뭇가지 갈래갈래 뻗어서
앙상하게 초연하게 펼쳐진다

언제나 나갈 때 그대로 세 아름
언제나 들어올 때 그대로 네 아름
그 자리에 꼼짝 안 하고 지켜낸다

호접지몽(胡蝶之夢)

고요한 아침에 흔들리는 고목,
당신의 존재를 알아차리는 시간은
그리 오래 걸리지는 않았습니다

물아(物我)를 구별하지도 않고
존재하는 것들의
아름다움을 표현하며
도도하지도 않으려
만물이 새롭게 움트는
그림자와 빛이
함께 걸어가는 것을 보았습니다.

좀처럼 끝이 보이지 않는 길,
구름을 바라보거나
달빛 아래 거닐 때도
따뜻한 봄이 오니
당신은 항상 곁에 있는 봄날입니다

* 호접지몽(胡蝶之夢): 나비에 관한 꿈이라는 뜻으로, 인생의 덧없음을 이르는 말.

하늘 우러러

하늘 우러러

부끄러움 없다

하지만

세상을 살펴보니

부끄럽기

그지없네

한평생 잘했다

말하기 어려워도

잘못했다

부끄럽다 하기 어렵네

어즈버 세월이

다가와도

이제는 말하리라

부족해도 할 일 하고

살아왔노라고

할미꽃 삶

외로운 숲속에서
몇 날 며칠을
쓸쓸한 마음, 기다리고 기다렸던가
죽음이 눈앞에 다가올 때까지
기다려 볼 텐가
젊어서 엄습해 오면
아가씨 꽃송이라 할까?
늙어서 엄습해 오는
할미꽃 한 송이라고 할까?
오를 때 하늘을 말없이 쳐다보고
내려갈 땐 멈추지 말아라!
죽어 가는 여러 날.
살아온 여러 날.
상쾌한 아침 바람이
사뭇 바뀌어
석양이 질 때면
엄숙한 생활은 간데없고
불쾌한 냄새가 진동하니,
숨결이 느껴지는
거듭나는 태양으로
삶으로 되살아나거라!

바람아! 너는

바람아! 너는
바람아 바람아 어디서 생겨나와
너는 어디에서 어디로 돌아가니
바람아 너의 가장 절친은 누구이더냐

바람아! 너는
아픔일 수도 있고,
기쁨일 수도 있고,
행복일 수도 있고,
불행일 수도 있단다...

바람아! 너는
야누스* 같은 모습으로
세상을 찾아와 행복하게도 하고
불행하게도 하는구나!

바람아! 너는
쌀쌀한 겨울날엔 훈풍이 되어주고
여름에 더운 날의 시원한 바람 되어
슬픔에 젖어 눈물이 날 때 닦아 줄 수 있는
산에서 부는 산들바람처럼 살다 가거라
그런 너와 절친이 되어서 살고 싶어라

* 로마신화에 나오는 문(門)의 수호신.
– 1월, 재뉴어리(January)'야누스의 달' 라틴어, 야누아리우스(Januarius)유래

빛나는 태양
(원제: 밀어 타령)

슬픔을 슬픔으로 밀어내고
나쁨을 나쁨으로 밀어내니
희망과 기쁨이 눈앞에 다가오네

두려워 두려움으로 밀어내고
서러워 서러움으로 밀어내니
용기와 함께 창조의 삶이 이어지네

외로워 외로움으로 밀어내고
처량해 처량함으로 밀어내니
홀로 가는 고독을 느끼고 즐거우네

어두운 하늘을 별빛으로 밀어내고
달이 뜨고 바람이 불어와 시간을 밀어내니
밝은 태양이 빛나는 아침이 찾아온다

* 밀어 : 이것저것 가릴 것 없이 전부 평균으로 쳐서.
* 타령 : 어떤 사물에 대한 생각을 말이나 소리로 나타내 자꾸 되풀이하는 일.

제4부 강물은 흘러갑니다

새봄에 꽃이 피고
잎이 떨어지면

가을은 꽃이 지고
나뭇잎 떨어지면

꽃잎 신고 낙엽
신고 흘러갑니다

해마다의 그날

이맘때면 옛 생각이 난다
이른 아침 자리끼를 대신하는
김이 모락모락 나는 시루떡이 먹고 싶다

옛날, 아버지 살아 계실 제
이른 아침 잠자리에서 일어나면
머리맡에 놓인 팥 시루떡
모락모락 김이 나고 있다

오례쌀로 만들어서일까
유난히 뽀얗고 하얗게
팥과 어우러진 냄새가 코끝을 자극한다
눈은 움직이는데 몸이 시적거리며
소양배양하니 따라 주질 않는다

여러 해 동안 잊고 살았었나 보다
이제, 이맘때면 모락모락 김이 나는
아침에 미역국이 식탁에 놓여 있다

* 자리끼 : 밤에 마시려고 잘 자리의 머리맡에 준비해 두는 물.
* 오례쌀 : 올벼의 쌀.
* 시적거리며 : 마음이 내키지 않는 것을 억지로 하다.
* 소양배양하다 : 나이가 아직 어려 철이 없이 함부로 날뛰다.
* 미역국 : 생일이면 미역국을 먹는다.

땅

하늘을 먼저 생각하니
하늘은 점이다

빛

그림자

세상 모든 점 점 점···

빛
그림자
땅과 바다 그리고
하늘은 점이다

땅을 이루는 하늘을 본다

다섯 손가락

엄지 척 언제나 최고인 줄
키가 큰 놈하고만 놀고
항상 돈 많다고 자랑질하네.

좋은 곳은 알려는 주는데
언제든 어디든 항상 지적질이고
혼자 잘난 척하는 부끄럼 없는 놈.

마땅히 할 일 없다며 부끄러워
키는 제일 크니 하늘이 가깝기 하며
중도를 지키려 애쓰는 놈도 있으니

빛나는 부귀영화 혼자 독식하며
함께 살아가자고 의지하는 곁가지

조용히 쉬고 싶다고
있는 대로 살려니 괴롭히지만 말라네.

막내둥이 쓰임새 있으니
험지의 어둠에 긴 동굴도 마다 않지.

쌍둥이는 손바닥 마주쳐 화합하고
얼굴을 만지고 가릴 수 있으니
너른 운동장에 다섯 형제가 함께하는
온전한 시간이 가장 행복하여라!

창밖의 빗방울

삶의 중턱에서
어느새 한 걸음 한 걸음
한가운데 서 있나 했는데
어느덧 삶의 중턱을 넘었네
6부 능선에 다다랐네

때론 계곡을 따라서 올라 보기도 하고
가파른 된비알 만나 보기도 했고
목마름에 젖줄을 찾아 허기도 달래고
아름다움에 곁길도 가보기도 했건만

삶의 이정표는 정해져 있으니
인생의 성공을 찾아가야 하는
삶의 중턱 귀로에 다다르니
홀연히 찾아오는 공간을
어느 날 오후 창밖의 빗방울에
삶의 뒤안길을 다시금 돌아보며

반딧불이

솟아라!
날아라!
신의 선물, 암컷 수컷 짝짓기
거대한 숙명 받아
숲의 요정 개똥벌레
아름다운 빛의 향연으로…

꼬셔라!
꼬셔서 맞춰라!
숭고한 발정(發情)으로

다음 세상을 만들어가는
세습되어 이어갈
아름다운 빛의 향연으로…

꽃망울 전장(戰場)

벚꽃이 황홀한 순간을 만끽하고
가지런히 춘풍에 새 세상 속으로
하얀 자태 백목련과 더불어
봄비 흘러 마주 앉아 곡소리 나고

새색시 젖가슴처럼 불그레
새악시 곤지보다 짙은, 연지 바르고
처녀 꽃망울 맺어 숨죽이니
까칠한 성격 철쭉이 세상에 나오더라

꽃사과, 화해당이 홍매화 견주니
햇살과 친구 하여 결연한 몸짓으로
어린아이 되어 뛰쳐나가 날갯짓하며
하늘로 떠돌이 되어 황천길 떠나고
농익은 엄마 젖가슴 되어 열어젖히고
꿀맛 나는 공기와 키스 하누나

어른스러운 느티나무 초연하게
엽록소 충분하니 분신은 만신창이
전쟁터 동참하니 부끄러움 더하네

이에 질세라 세상이 난장판 되어
꽃망울 아닌 꽃 송화(松花)는
송홧가루로 송화(松花) 되어
황금 싸라기 퍼부으니 초토화되었네

자미원(紫微垣)

품어주는
품어 안아주고
품어 감싸주고

포근한 편안한
명상을 하고

쉼을 갖고
공감하는 공간

빛이 들려주는 오케스트라
모두의 합창으로 울려 퍼지는
언제라도 그곳에서 기다려주네

* 자미원(紫微垣) : 큰곰자리를 중심 170개 이루어진 별자리.

오! 신이시여

오! 신이시여.
정녕 당신은 계시나이까?

아침에 찬란한 밝은 해가
석양 질 녘에 황홀한 풍경을 선물하니
봄여름 가을 겨울이
돌아가야 하나이까?

오! 신이시여.
정녕 당신은 어디에 계시나이까?

어디서 와서 어디로 가야 하는지
지금은 여기는 어디입니까?

오! 신이시여.
정녕 당신이 보고 계시나이까?

눈이 없으면 귀로 듣고
눈이 없으니 손으로 느끼고

오! 신이시여.
인간이 원하는 것이 아니라
당신이 원하는 건 무엇인가요?

뒷동산 풍경

뒷동산 오솔길
솔 내음 풀 내음

어느새
꽃향기 되어
꽃향기 맡으며
한참을 걸었네

오솔길 오르니
화사한 벗꽃 사라져
아지랑이 피어오르고
개나리 기지개 켜더니
그 옆 진달래, 철쭉
햇살 받으며 방긋방긋

뒷동산 풍경
사진에 담아
고이 간직하려네

아름다운 밤

어두운 밤, 밝은 하얀 하늘
불을 꺼야 알 수 있는 무수한 것들
창문을 통해 들어오는 은은한 달빛

밝음이 좋아서가 아니라
어둠이 두려워서 아니라
하얀 밤, 어두운 파란 하늘
아름다움을 알지 못하니 아쉬울 뿐이라

눈부신 밝음이 맑으니 좋으리라 하지만
어둠은 급한 마음을 억누르리니
밝음(明)과 어둠(暗)은 찰나(刹那)
어둠에 느닷없이 문이 벌컥 열리고
불을 켜면 그대로 드러나 보이는 것을
아~~ 아뿔싸~ 어찌해야 좋을지?
"얼음 땡!" 살려낼 수는 없는지요?

햇볕이 떠나가네

하늘 아래 떠나가는 먹구름, 흰 구름
그 아래 산기슭에 비스듬히 내리우고
나 몰라라 하려 하니 음지가 양지마을로
안간힘을 쓰고 안타까워 어쩔 줄 모르며
햇볕이 떠나가네

봄볕에 하늘거리는 소나무
솔솔 부는 봄바람, 칼바람 되어
햇볕이 떠나가네

지나가는 여우비 잠시 멈추니
창문을 열어 햇빛을 받으며
몸을 가볍게 마음을 홀가분하게
그리고 햇볕이 떠나간다

석양은 아름다운 황금빛을 물들여 놓고
바람을 잠재울 구름은 슬픔을 낳고
그렇게 햇볕이 떠나간다

그믐달과 친구

새날 첫 발걸음
찬 기운을 가르며
새벽녘 집을 나선다

새벽녘에 푸르른 하늘 빛깔
뜬 그믐달.
그 옆, 반짝반짝 밝게 빛나는 성좌(星座).

아침이면 헤어지고 새벽은 친구 해보려나
달과 샛별이 친구 하려 하네
멀지도 가깝지도 홀로 외롭지 않으려
종종 친구처럼 눈에 더 잘 띄는 것이라

이른 새벽 푸르른 하늘 빛깔
뜬 그믐달.
평소 무심함을 일깨워 주는 듯
별나게 밝은 건 아니면서
시샘하며 구름이 흘러가네

이른 아침 푸르른 하늘 빛깔
뜬 그믐달.
그 옆, 초롱초롱 밝게 빛나는 성좌(星座).

새벽녘 얼굴 내민 그믐달과 금성(金星) 친구라
고요하고 차분히 그냥 우리끼리 그렇게
새벽을 아름답게 수놓으며 말없이 사라져

샘물이 마르다

하늘이 서글퍼 흐르는 눈물
이 땅의 생명줄 이어져 축복이라

흐르는 물줄기 생명의 원천
찬란한 물줄기 찾아서 오늘

돌아가려 터벅터벅 걸어서
물길을 찾아가노라면

마음의 고향 추억의 샘물이 있으리라
과거와 나누는 끊임없는 대화 되어
더 좋은 마음의 샘물 만나고 싶었다

샘물이 마른, 메마른 세상을
향해 달려가고 있다

구름 따라 흘러

시간은 구름 따라 흘러
언제 올지 알 수 없는데
하늘은 구름 따라가려네

바로 따라가는 구름이나 바람들
바람이 밀어내니 싫어도 떠나가네
시간이나 바람은 미워지는 방해꾼

떠나가는 바람은 어디에나 머물까
구름 나그네 되어 스쳐가면 머물까
흩어지면 아쉽고 모아지면 머물까

머물고 싶어 머물 수 없는 구름 같은 인생
하늘에 부질없이 소리치면 늦춰지려나
머물 수 없는 세월에 하소연해 본들

하늘은 구름 따라 흘러가려니
하늘은 구름 따라 흘러가려네
하늘은 구름 따라 흘러 어디에 머물까.

다향(茶香)이 있는 언덕

초록 초록 초록 잎새
차(茶) 나뭇잎 무공해로 자라고

해 뜨고 해 질 무렵까지
어린 여린 잎새 샛바람에
흔들흔들 한들거리네

차(茶)를 향으로 음미하니
신선한 느낌이 전해지는
깊은 맛이 온몸에 머금고 있다

먼 훗날까지 가치 있는
다향 심정(茶香心淨) 되어
무형의 가치 오래된 문화로
다향이 있는 언덕이여 영원하라!

* 다향(茶香) : 차의 향내.
* 심정(心淨) : 맑고 깨끗한 마음.

강물은 흘러갑니다

햇빛이 쏟아져 내리면 받아주고
구름이 가리면 그대로 거울 되어
바람이 달리면 얹혀서 달려갑니다

구름 찾아오면 가린 대로
바람 불어오면 부는 대로
구름처럼 바람처럼 흘러갑니다

눈이 오면 눈이 오는 대로
비가 오면 비가 오는 대로
눈처럼 비처럼 맞이합니다

새봄에 꽃이 피고 잎이 떨어지면
가을은 꽃이 지고 나뭇잎 떨어지면
꽃잎 싣고 낙엽 싣고 흘러갑니다

산골짜기 계곡 따라 흘러 흘러
폭포 만나 우렁차게 도도하게
거침없이 익숙하게 떠납니다

바람 타고 새색시 시집갈 때도
시집살이 고추 당초 엄동설한에도
혹독한 얼음꽃 되어도 흘러갑니다

바람 타고 새색시 시집갈 때도
시집살이 고추 당초 엄동설한에도
혹독한 얼음꽃 되어도 흘러갑니다.

나비 한 마리

창문 밖으로
푸르른 하늘은
하늘은 맑았다
꽃잔디밭에서 나풀나풀
시들어가는 꽃이 아쉬워서
시든 꽃이 안쓰러워서 그런지
나비 한 마리는 떠나지 못하고
혼자서 그 자리 나풀나풀 맴돌고
혼자서 어쩔 줄 몰라 하며 맴돈다
봄바람이 세차게 불어 대도
떠날 줄 모르고 애처로운 듯
떠나가지 못하고 나풀나풀 맴돌고 맴돈다

아침 해 뜨기 전에

하늘에 떠 있다가도 흩어지는 구름
유리창 넘어 밖에 오가는 바람결

마음은 어디론가 떠나고 있는데
몸은 붙박이 되어 머물러 있구나

한량없이 떠나가도 돌아오니
돌아올 수 없는 곳으로

가도 가도 끝은 없을 것이니
갈 수 있는 곳까지 가야지

오는 길 잃어, 영영 잃어
찾을 수 없도록 찾지 않으면
슬프겠지만

하늘에 떠 있다가도 흩어지는 구름
유리창 넘어 밖에 오가는 바람결

아니 가면 언제 갈지 기약이 없으니
아침 해 뜨기 전에…

구름 나그네

길 떠나는 구름 나그네에 물어본다
새봄에 돌아올 수 있느냐고
하얀 밤에 까만 불빛을 밝힐 수 있을 거냐고

파란 하늘 도화지에 마음대로 그려 봅니다
창공에 무한한 요술도 부려 봅니다
흘러 흘러 나르는 용으로 변신도 하면서
소나무에 걸터앉아 쉬어가려 하네

흘러가는 구름은 씁쓸한 마음을 지배하는
자유로운 영혼의 처절한 안식처가 되어
천상의 불빛에서 전해지는 아늑한,
지상에 초롱초롱한 눈빛으로 전해지는
미지의 세계에 두려움은 사라지고

억울한 사람은 없어야 하니
아픈 사람에게는 치료하면 되는 것이리라
구름 나그네가 늦겨울, 지상 천국 만들었네

제5부 마파람 솔가지 닿으니

마파람, 봄바람 살랑살랑
춤추며
솔가지 흔들어 놓고
한낮에 햇빛이 솔가지에
닿으니

윤슬이 찰랑거리듯
은빛에 눈이 부셔,
솔가지 호사하네

화창한 봄날

정자에 햇살이 들어
따스한 햇볕이 가득
포근한 바람이 속삭인다
길 건너 언덕에
백목련 하얗게 뽐내니
화사한 벚꽃 화려하게
뽐내며 화답하려니
봄바람이 시샘하여
환한 벚꽃이 눈꽃 되어
흩날리며 꽃놀이 신나게 춤추고
해맑은 하늘을 눈처럼 나풀나풀
날아다니고 있다

봄이 오는 소리

내 귀에
내 눈에
내 가슴에

꽃이 피는 소리
봄이 오는 소리

언덕 넘어 봄바람 타고
속마음에 깊숙이 속삭인다

내 귀에
내 눈에
내 가슴에

봄이 속삭이며 내 마음속으로
봄이 오는 소리 보이고 들린다

냉이

바닷가 해풍과 친구 하여
훈풍 되어 돋아나고 살찌우고

곧은 뿌리
절개를 보여주고 싶어서

봄의 전령사 역할 하려니
향기 내음 저절로 흥겨워

식탁 위에 얹힌
시원한 감칠맛

바닷가 해풍이 친구 되어
겨울의 침묵을 깨고

입속으로
선물하였네

향수의 봄

먹고 살길 찾아
남쪽 나라 떠나간다

봄꽃 피고 지고
38년 여행길 돌아

잊지 않으려
향수 못 잊어 돌아온

지나온 청춘
향수 못 잊어

봄바람에 이끌려
향수 남아 찾아오네

마파람 솔가지 닿으니

남쪽 나라 먼 곳에서
잊지 않고 찾아오는
봄소식을 전해주네!

창문 넘어 윤슬이
찰랑거리듯 은빛에 눈이 부셔
점심, 밥 한 끼 먹노라니 절로 맛나네

마파람, 봄바람 살랑살랑 춤추며
솔가지 흔들어 놓고
한낮에 햇빛이 솔가지에 닿으니
윤슬이 찰랑거리듯
은빛에 눈이 부셔, 솔가지 호사하네

커피 한 잔 넘기며 소파에 눌러앉아
창문에 어리는 햇빛은 못내 아쉽게
사라져 버렸다

마파람은 미련이 남아
봄소식의 전령사 역할을 톡톡히 하려는 듯
잔잔히 살랑거리며 내 맘을 훔쳐 가 버렸다

봄이 간다

봄이 왔다
갖춰진 게 없다

봄을 낚다
한세상 간다

봄은 좋다
생기가 돈다
살아 흘러간다

봄바람 하늘
공기 좋고 맑은

봄이 간다

여름(夏) 단상(斷想)

한여름
찌다가 덥다가
부채로 더위를 식히려
부채질하는 게 아니라
겉 폼 잡으려 한다
여름이 무섭다

기후변화, 인간의 욕심이 불러오는
장마, 태풍, 폭염 두려워 무서워
겉 폼 잡으려 한다
여름이 무섭다

한여름
여름냉면이 좋다
하늘이 흐려 시원한 비가 와서 좋다
맑은 시원한 바람이 불어 더욱 좋다
겉 멋을 잡으려 한다
여름이 무섭다

* 단상(斷想) : 단편적인 생각

가을 들녘

저녁녘 황혼에 젖어
황금 물결 이루네!

오고 가는 나그네
눈길을 훔쳐 가네요

땡볕에 오곡이 넘실대며 반겨,
땡볕이 좋은 줄 이제야 알겠네

세상의 모두는 우리를 위해
세상의 전부는 우리를 위해

초록별에
살아있으니 우리에게
돌려주네

하늘 연달
–부제 : 민낯이 아름다운 우리글–

하늘에 기본이 되고
민낯이 아름다운 우리글
온 누리에 아란의 우리글

민낯이 아름다워
민낯이 아름다운 우리글
만백성을 가르치는 올바른 소리

입술, 이, 혀, 목구멍
민낯이 아름다운 우리글
어금니에 혀뿌리가 닿는 소리 되어

하늘의 기본자, 땅의 초출자
그 사이에 사람이 재출자로 어울림에
하늘, 땅, 사람은 만물의 근본이로세

이 땅의 표현
새 생명 살려 내듯
유형의 생명체로 만드니
민낯이 아름다운 우리글
살아 숨 쉬는 소리 되어 가슴을 울리는구나!

오롯이 인간과 인간이 공존하는
소리 되어 울림으로 가슴에 남아
슬아의 소통을 이어가네

민낯이 아름다운 우리글
세계 유산 아란의 우리글
옹골지게 세계 유산되어 숨 쉬고 있다

* 하늘 연달 : 10월
* 온누리 : 온 세상
* 아란 : 아름답게 자란
* 슬아 : 슬기롭고 아름다운
* 옹골지게 : 실속 있게 속이 꽉 차다.

가을 단풍 구경

단풍은
붉은 색깔이니
단맛이 나려나

단풍의 계절
대추, 구기자, 오미자, 붉게 물들고
가을이 깊어지네

단풍 구경
꼬옥 꼬옥
손에 손잡고
가을 단풍 구경
진짜 멋있고, 예쁘고, 아름다워요

가을걷이 하듯
진정한 가을의 아름다움
불타오르고
불타오르니
불타올라도
오늘에서는 알 수 없네

가을을 떠나보내기 아쉬워
단풍을 떠나보내기 아쉬워
가을, 단풍 떠나보내기 두려워

가을비에 낙엽이 잠들다

쓸쓸하게 느껴지는 낭만의 계절,
새로운 꿈 꾸는 희망이 다가왔다
자연스럽게 전설을 남기는 가을 낙엽.

가을에 아우성치는 낙엽을,
제멋대로 나뒹굴고 가엾게 보여
이 땅에 고이 잠들기를 바라니
더는 바라만 볼 수 없어라

새봄에 꿈꾸던 희망을 버리니,
혹독한 추위 견뎌주길 바라는
슬픔을 잠재우려 하늘에서 떨어진
슬픔을 전하려고 흘러내리는 눈물.

가을비 되어 하염없이 주르륵주르륵
하늘에서 꾸며낸 슬픈 눈물 이야기,
해마다 찾아주는 가을의 한복판에서
쓸쓸히 떨어지는 낙엽을 잠재우려
눈물로 잠재우려 애타게 호소하네

가을바람 부는 까닭

새봄에 푸른 새싹은
그냥, 올라오는 게 아닌가 보다
언제 뿌려진 씨앗이 있었을까.

약속한 적도 없는
가을날 바람이 불어와
약속이나 한 것처럼,
바람아 불어라 어디서 어디로

가을에 맺어지는 열매.
그냥, 자연스러워 보여
하늘의 싱그러움이 더하여
땅이 흘리는 비지땀.
바지런히 움직이는 수고의
발자국 따라
스스로 출발점과 맺음이 연고(緣故),
바람아 불어라 어디서 어디로
바람이 부는 까닭이었나?

입동(立冬)

어제와 같은 시각
하루하루 시시각각 다르네
입동이 자리하니
가을이 힘없이 물러나 주고
가고 오는 이치 알기는 한다만
애닳는 서러움 어찌하랴!

꽃이 피는 봄날을 그렇게 좋아하고 좋았건만
여름의 시원한 그늘 찾아 계곡 찾아 즐겁고
가을이라 만산홍엽 눈이 호강하고 호사스러운데

이제,
두툼한 외투 챙겨볼까, 하와이로 떠나 볼까

같은 시각 보여주기 싫어서 어둠이 깔려 있고
같은 시각에 쌀쌀한 기운이 엄습하니 춥고 배고프고
같은 시각 어둠이 자리하고 떠나가려 하질 않으니

동장군이 겨울 문을 똑똑 두드리고 있으니
이제 혹독한 겨울 동장군 맞이할 준비해야겠네

* 겨울이 시작하는 입동(立冬) * 입동(立冬) : 24절기 중 19번째

추풍(秋風)
– 가을바람 –

어젯밤
서늘하여 창문을 닫으려니
귓가에 찬바람이
슬며시 다가와 슬피 우네

지난날
아껴주고
반겨주고
사랑해 주더니

못내 아쉬워
같이 있기를
학수고대하더니

잠시 차가워져
덧없어라
냉랭하게 대하니

이제 이별하자
쳐다보지도 않겠다고
예고 없이
박절하게
속절없이
떠나야 하려니

어느새 찬바람
바닥엔 낙엽 뒹굴고

오라 해도 가라 해도
내 마음만 애가 타네

뜨거운 햇살에
선들거리는 바람

마음 못 잡고 눈길 못 주고
살포시 내 마음 어루만져 보네

이별이 아쉬워 괴로워
가고 있으매 서러워하고
오고 있으매 기뻐하지 못하니

제6부 화양연화(花樣年華)

흔하디흔한
인생낙서(人生落書) 하고
화양연화(花樣年華)
영바람이 났으니

길

오늘도 길을 간다
계속해서 간다
끊임없이 간다

지금도 길을 간다
앞으로 간다
질주한다

내일도 길을 간다
여러 갈래 나눠서 간다
하나의 목적지를 향해 간다

도저히 되돌아올 수 없는
최종 목적지는 똑같습니다
그곳은 예외 없는 길, 하나다

나

나누기해봐도

나눌 수 없는 몸과 마음

사사건건 부딪치는

번뇌에서

구름이 끼어 어지럽고

바람이 불어 흔들리고

구름과 같은 생각이

바람과 같은 생각에

아리고

어둡고 어리석어

형체도 없는

껍데기를 찾아 몸부림치고

꿈이 현실로 구름 걷히어

내가 있는 여기가 천국이었던 것이니

걸림이 없는 나를 찾아

절대적 존재 나를 찾아

깨끗한 머리로 가꾸고

불꽃을 가라앉히고

착각에서의 자유를

되찾을 수 있도록

나를 놓아

되돌아보면서

나의 마음은 나의 것이니

나의 영혼은 나의 것으로

삶이 영원한 생명으로

잠에서 갓 깨어난 나를 찾아

꿈에서 갓 깨어난 나를 찾아

생로병사의 자유로운 나의 마음을

희로애락에 자유로운 나의 영혼에

공허함을 채워줄

시간과 함께 더불어

오늘 밤까지 살자

그리고 영원히 살자

현재의 텅 빈 나를 찾아서

내게로 오기를 희망한다

촛불 혁명(革命)

미약하기 그지없는 너의 존재
비바람이 불면 흔들거리고
애처로움에 안타까워 어쩔 줄 모른다

혼자는 연약하기 그지없으면서
모두의 마음을 사로잡는 위대한 너는
함께 뭉치게 하는 마법의 힘을 갖고
새로운 지평을 열어주는 힘을 가진다

시작은 하나였을지라도
뭉치면 세상을 뒤덮는
온 누리 밝히는 광명이 되었다

한마음 한뜻으로 뭉치고
단합의 물결을 이루며
겨레의 숨결이 숨 쉬는 화합의 장을 만들어
시공간이 초월 되는 너에 힘을 경애한다

자고로 촛불처럼 타오르는
살신성인을 본 적이 없다

닭장

꼬끼오, 목청 높여 울어대니
비몽사몽하는 사이 종종걸음으로
휴대폰에서 소피를 보라고 깨운다

돈 벌러 닭장 버스를 타러 간다
병든 닭은 비실비실하며
아무런 생각 없이 파김치 되어 몸을 실었다

병들은 닭은 모이 주는 닭장으로 향한다
모이 먹고 대가리 돌리러 엘리베이터 타고
그물망 헤치고 먼지 되어 사라진다

용머리 되어 보려고 그러는가
용 꼬리보다 보잘것없어 보여
그 완장이나 제대로 간수하지.

뻔한 진실조차 거짓말인 듯 못 믿어서
여기까지 왔는데 그런 줄 모르는 님들
초록이 동색 되어 끼리끼리 돌아간다

닭장에 갇힌 모조품들이 즐비하게 늘어서
이제는 진짜를 진짜로 가짜를 가짜로
선별하여 병을 치료하고 바로 세우려 한다

마음을 찾아서

보이지 않는 마음이 무너지면
내 육신은 어쩔 줄 몰라 하면서
고장이 난 것처럼
두 다리가 풀썩 주저앉게 된다

내가 알고 있는 내 마음은 어디 있나?
내가 알고 있는 내 마음은 어디 있지?
마음이 있어서, 없어서 없으면 좋은데
하늘이 높아서 좋을 때가 있었는데
하늘이 높아서 쳐다볼 생각조차도 못 했지.

한참 정신없이 달려 나갈 때가 있었고
한참을 나락으로 떨어질 때도 있었어
어떤 때는 지옥이었다가
어느 때는 천국이었다가
삶은 "롤러코스터"라 했지
그게 인생이고 삶이라 했으니
부끄럼 없어지라고 슬기 구멍 보이네
죽는 날까지 깨달음이 없어도 좋으니
본디 내 마음을 찾을 수 있었으면
참! 좋겠다

인간 음미(人間吟味)

아침에 눈을 살짝 뜨고
최대의 행복은 날마다 느끼는
진정한 지혜를 갖는 것이니
무지(無知)를 자각하고 살며
정신과 혼에 깊은 관심을 두어
마음을 늘 돌보는 삶으로 가려니

돈보다는 물질을 살피고
물질보다는 정신을 살피어
쾌락보다는 양심을 살펴서
유흥보다는 지혜를 살려서
명성보다는 진리를 찾아 살펴보며
돌보는 생활이기를 살피고 살피어

나를 아껴가며
저녁에 눈을 살짝 뜨고
인격의 혁명을 우리의 숙명으로
혼의 재생을 통해 자신의 삶을 살펴서
올바른 생활을 위해서 살피고 살피어
인간 음미(人間吟味)하는 삶으로...

* 음미(吟味) : 시가를 읊조리며 그 맛을 감상함.

신의 축복

한 송이 두 송이 하얀 꽃송이
콧등에 살포시 내려앉아
심장 쿵쿵하게 두드리면서 내려온다

보리는 까칠한 선머슴아 되고
밀밭은 아리따운 귀한 꽃 한 송이
하늘에서 주신 고귀한 선물
이 땅에 발아되어 싹을 틔우고

생물은 아름다워
태초에 하나로부터 시작이었으니
생명의 속살을 파헤치며
죽여서 다시 봅니다

이 땅에 존재하는 생명
이 별에 기생하는 생명
이어져 가는 영속성

죽음을 맞이하는 모습을 보여주어
자연 속에서 놀고
산 바다 물불
자연을 이해하는 삶으로 다가옵니다

고요한 삶

매화가 피어나는 모습을 보게 되니,
미래는 항상 내 곁에 와 있었으나
널리 퍼져있지 않았을 뿐.

혹독한 눈보라 헤엄쳐 나올 수 있어
위대하고 아름다운 여정이었다
말하리라

뽀얀 국물이 우러나,
세상의 색깔이 예뻐요.
다른 색깔의 맛으로 풍경 속,
소풍 같은 삶으로

그제야,
겨우내 얼어붙은 얼음장 밑에서
강물은 어디로 보내줄까요
잔잔한 강물은 고요히 흘러갑니다

사랑하거나 미워하거나
슬프거나 행복하거나 알 바 없다고
잔잔한 강물은 고요히 흘러갑니다

인생 회로(Life Cycle)

봄
화사한 봄꽃이 예쁘다
동몽(童蒙)의 슬기 구멍 열리어
시냇물은 쉴 새 없이 흐르는…

봄·여름
뜨거운 열기(火)에
가슴 응어리 풀어내어
순환의 기쁨을 맛보고 느껴보고

봄·여름·가을
늙은 젊음을 따져보았으니
뿌렸으면 거두어 받아 들고
깨끗한 수기(修己) 만들어 보리라

봄·여름·가을·겨울
대지(大地)가 언 땅 될 때 알았고
언덕에 올라 내리막길, 축원 받았으니
화사한 봄꽃을 볼 수 있었다

봄·여름·가을·겨울 그리고 다시 봄.

* 인생회로(Life Cycle) : 인생 주기, 생애 주기, 생로병사 고통.

130

화양연화(花樣年華)

부푼 꿈으로
희망 꿈을 찾아서

더불어 신혼살림
아기자기 알콩달콩

자식새끼 올망졸망
오손도손 어우러져

흔하디흔한 인생낙서(人生落書) 하고
화양연화(花樣年華) 영바람이 났으니

구곡 산천 심심산골
굽이굽이 돌고 돌아

지나간 세월 아쉬워
흘러간 세월 그리워

아름다운 소풍을 즐기고
고풍스러운 풍경에 반하여

마음이 부자 되니
영혼이 부자 되었구나

* 화양연화(花樣年華) : 인생에서 가장 아름답고 행복한 순간.
* 영바람 : 뽐낼 정도로 등등한 기세.

옹달샘 가는 길

어둡고 깊고 깊은 산속 옹달샘
천국의 옹달샘 찾으러 가는 길
물길을 찾아서 나서라!
보이지 않는 옹달샘 물길을 찾으러
길이 망가져서 보이질 않네,
경쟁에서 얻은 개인은 비극이라
알고 모름에 죄의식이 없어지고
하늘에 천국이 있으나 가지 못하니
천국을 내 곁으로 오게 하리라

천국으로 가는 길을 열었네
심보, 마음 보따리가 들어 있는
무한한 마음, 하늘 마음
천심은 하나, 하나는 천심

저장된 의식에 기억의 창고에서
"나"라고 인식되었네
하나인데 악한 마음 욕심으로 끌려간,
몸뚱어리는 기억 덩어리일 뿐.

욕심의 노예가 되어서는 아니 되니
욕심의 뻐꾸기 날려보내 지옥을 버려,
착한 마음, 한마음, 하늘 마음으로
흐뭇해지는 좋은 마음 조화되어서
시기심 생겨도 악한 마음 떠나보내고
망각을 떨쳐내고 본심으로 돌아가
천국이 나에게로 들어와,
모두가 하나인데 하나로 흐르네.

천국의 옹달샘, 물길 따라 다다르니
조화로운 마음은 열린 마음 되어
조화로운 마음은 세상을 통한다

사과(Apple)

깊은 산속 골짜기 찬 서리 맞으며
햇빛에 사계절 여러 해 험난을 겪고
청록에서 새색시 볼 같이 불그스레

둥글둥글 떠나가길 원하니
불그레한 껍데기를 벗기면
하얀 속살이 부끄러워 눈물 흘리네
악마에게 집어 삼켜져
홀연히 사라져가고

간신 남겨진 흔적에
산화된 볼썽사나움
삼켜지고 사라진 분신은
어둠의 굴곡을 구만리 돌아
공포의 열두 고개를 거쳐
햇빛을 다시 찾아 바라볼 때
몰골이 검붉은
흙으로 사라져 간다

하얀 속살이 사라져 갈 때
그리운 옛정을 못 잊어
잉태의 쓴맛으로 복수하려네

사회적 거리 두기

줄어드는 것이거나
늘어나는 것일 뿐이지
사라지진 않는다

인간을 숙주 삼아 언제든 들이닥쳐
떠나가려 하지 않으니
쫓으면 변신하여 숨고 숨어서 산다

지구상에 우리와 함께
살고 싶지 않아도 이제 일상이 되어
함께하여 가야 할 것이다

우리의 친구려니
누구의 원망도 없어야 하고
누구의 절망도 없어야 한다

친구와 함께 웃으며
우리의 희망을 찾아서
이겨내는 전사가 되어야 한다

끝나야 멈춥니다

아름다운 높은 산에 올라서면
아름다운 것만 보려 합니다

보이는 게 보는 게 아니라
보여 제 것만 보려 합니다

집안에서 나는 불은 집만 태우지만
집 밖에서 나는 불은 모두 태웁니다

마음속의 불씨는 세상을 태우니
더 탈 게 없어야 잦아들어 꺼집니다

불씨는 작아도 불씨이니
불씨는 세상을 잡아먹습니다

불길이 시작되었다면
불꽃을 전부 태워야 멈춥니다.

인생의 경계(境界)

삶은 죽음을 준비하는 과정,
미지의 세계는 두렵지 않으니

죽음은 막힌 벽으로 소멸이 아니라
새로운 세계의 문을 통한 통로이니

죽음은 소멸인가 옮겨감인가 하면
새로운 세계로의 시작인가 봅니다

삶과 죽음은 내 것이 아니라는 사실,
인생의 경계 허물어 버리고 맞이하자

어둠이 가시면 새로운 새벽이 올 텐데
아침을 맞으며 저문 태양을 바라본다

* 나를 주관(主觀)이라고 할 때 일체의 객관(客觀)이 경계(境界)가 된다.

황금빛 영혼(메멘토 모리!)

아침 햇살 가득한 마음의 소리
꽃이 피고 지듯이 우리 인생,
죽음에서 벗어날 수 없으니
또 다른 마음을 아끼고 보살펴
옮겨 가기 전, 저 너머 침묵의
삶도 죽음도 아닌 삶의 연속에서
빛을 보았고 직면한 삶이 가여워
마중하려 슬퍼할 시간이 없어요

알알이 박혀 있는 삶의 공간,
맑고 투명한 땀의 결정체로 살아왔고
잃어버리는 순간의 슬픔을 숙명으로,
그림자처럼 덧없이 지나가는 것이니
막힌 담벼락 사다리를 타고 올라가서
한 줌의 빛 따라 닫힌 문을 열고
온 세상을 잃고 해방의 기쁨을 맞아
애욕과 욕망을 끊어 사라지는
하늘 문 열어 무지갯빛 따라서
아름다운 황혼, 황금빛 영혼을 찾으러
영원불멸 미지의 세계를 찾으리라
언젠가 우리도 따라갈 테니까요

* 메멘토 모리!" [Memento Mori!]: (라틴어) '죽음을 기억하라'

인생은 아우라지

두 개가 하나로 만나듯
서로가 하나로 합쳐져

떠나가도 떠나가기 서러워
흘러가도 흘러가기 서러워

이별인 듯 작별인듯하여도
잊지 못해 잊을 수 없어라

나누어도 나눌 수 없고
헤어져도 헤어질 수 없는

애옥살이 애성이 나오더라도
세상살이 그래서 장관이어라

인생은 아우라지
그것이 인생이었던 것이라

* 아우라지=합수목 : 두 갈래 이상의 물이 한데 모이는 물목.
* 애옥살이 : 가난에 쪼들린 고생스러운 살림살이
* 애성이 : 분하고 성나는 감정의 우리말

이 세상을 지나가는 덧없는 나그네

덧없는 이 세상에
사뿐히 내려앉아
여름과 겨울에 찾아와 사랑 나누고
계절이 바뀌면 다시 돌아가는
주어진 길을 조용히 지나가는 것이리라
잠시 잠깐 들리는 듯 착각하였구나
길 잃은 철새로 가볍게 보았더니
길을 잃고 그저 헤매기만 하는 줄 알았더니
우리 친구 텃새들 먹이를 먹어 치우네

덧없는 나그네 세상
어느새 붙박이가 되어
보금자리 뿌리내리고 괴롭히네

덧없는 나그네 인생
나그네 새들과 무엇이 다를까
이 세상에 왔다가 한 세상 보내고
다시 먼 길을 떠나고.

여름철새 제비는 따뜻한 봄에 찾아와
여름 한철, 다 보내고
가을이 되면
따스한 남쪽으로 길을 떠나네

덧없는 우리네 인생!
어차피 서로서로
아름답게 왔으니
아름답게 살아가야지
아름답게 한세상 보내고
그래야 서로 후회 없이 먼 길을 떠나지

인생(人生)의 뒤안길에서

꽃길을 이쁘다 하고 걸어가면서
가시밭길은 떠돌아 가면서
굴곡진 길을 돌아 돌아오면서

따듯한 봄기운이 좋아
예쁘다 귀엽다
그런 날도 있었으니

철없이 부질없이 지나온 세월에
꾸밈없는 삶의 연속에 보람이 있고
끝없는 세상살이 조용한 사랑 나누며

지구가 돌아 돌아 돌아가면서
별은 밤하늘에 초롱초롱 빛을 발하고
하루가 밤낮으로 돌아가고 있으니
벽에 걸린 괘종시계는 쉬지 않고 돌고

차창 건너 비치는 붉은 쟁반 하나
유리창은 온몸으로 받아 불사르고
건너 바라보니 창을 붉게 물들였네

이쪽, 회색 뿌연 하늘 한가온대

반달이 살포시 까꿍 하고

수줍은 듯 숨어 버리니

하늘 세상은 회색빛으로 가려지고

하얀 은회색 물들어 뿌옇게 변해 버렸네

바람이 불어오는 나지막한 언덕에서

삶에 지치고 시달려도

헤엄쳐 건너야 할 넓은 강물이 앞을 가리어

고비가 되더라도 견뎌 줄 것이라 믿으며

인생의 뒤안길에서 늙음의 탄식을 버리고

포도주처럼 익어가는 맛을 보며 살아가리라

계수나무에 핀 련꽃

임석순 시집

2020년 11월 2일 초판 1쇄
2020년 11월 5일 발행
지 은 이 : 임석순
펴 낸 이 : 김락호
디자인 편집 : 이은희
기 획 : 시사랑음악사랑
연 락 처 : 1899-1341
홈페이지 주소 : www.poemmusic.net
E-Mail : poemarts@hanmail.net

정가 : 10,000원
ISBN : 979-11-6284-244-7